海子经典诗歌100首

海子 著

图书在版编目(CIP)数据

海子经典诗歌100首 / 海子著. -- 北京：人民文学出版社, 2025. -- (人文经典文库). -- ISBN 978-7-02-019417-9

Ⅰ. I227

中国国家版本馆CIP数据核字第2025G0G215号

责任编辑	薛子俊　李义洲
装帧设计	陶　雷
责任印制	张　娜
出版发行	人民文学出版社
社　　址	北京市朝内大街166号
邮政编码	100705
印　　刷	北京新华印刷有限公司
经　　销	全国新华书店等
字　　数	80千字
开　　本	880毫米×1230毫米　1/64
印　　张	$3\frac{5}{8}$　插页2
印　　数	1—5000
版　　次	2025年7月北京第1版
印　　次	2025年7月第1次印刷
书　　号	978-7-02-019417-9
定　　价	29.00元

如有印装质量问题，请与本社图书销售中心调换。电话：010-65233595

海子经典诗歌100首

海子 著

人文经典文库

人民文学出版社

图书在版编目(CIP)数据

海子经典诗歌100首 / 海子著. -- 北京：人民文学出版社, 2025. -- (人文经典文库). -- ISBN 978-7-02-019417-9

Ⅰ. I227

中国国家版本馆 CIP 数据核字第 2025G0G215 号

责任编辑	薛子俊　李义洲
装帧设计	陶　雷
责任印制	张　娜

出版发行	人民文学出版社
社　　址	北京市朝内大街166号
邮政编码	100705

印　　刷	北京新华印刷有限公司
经　　销	全国新华书店等

字　　数	80千字
开　　本	880毫米×1230毫米　1/64
印　　张	$3\frac{5}{8}$　插页2
印　　数	1—5000
版　　次	2025年7月北京第1版
印　　次	2025年7月第1次印刷

书　　号	978-7-02-019417-9
定　　价	29.00元

如有印装质量问题，请与本社图书销售中心调换。电话:010-65233595

目 录

我是太阳的儿子(代序) …………………… 海 子 1

亚洲铜 …………………………………………… 1
阿尔的太阳 ……………………………………… 3
历史 ……………………………………………… 5
新娘 ……………………………………………… 7
民间艺人 ………………………………………… 9
海上婚礼 ………………………………………… 11
我,以及其他的证人 …………………………… 13
苹果的歌 ………………………………………… 15
黑森林 …………………………………………… 16
跳跃者 …………………………………………… 20
夏天的太阳 ……………………………………… 22
活在珍贵的人间 ………………………………… 24
熟了麦子 ………………………………………… 25
你的手 …………………………………………… 27

窗户	29
想起了64年夏天	31
写给脖子上的菩萨	34
麦地	36
十四行:夜晚的月亮	40
房屋	42
打钟	44
春天	46
明天醒来我会在哪一只鞋子里	48
九月	51
给母亲(组诗)	52
我请求:雨	56
村庄	58
坐在纸箱上想起疯了的朋友们	59
肉体(之一)	60
天鹅	62
给卡夫卡	64
肉体(之二)	65
浑曲	68
感动	70
歌:阳光打在地上	72

半截的诗	74
在昌平的孤独	75
死亡之诗(之一)	77
抱着白虎走过海洋	78
谣曲	80
草原上	83
海子小夜曲	84
我感到魅惑	86
给 B 的生日	88
七月不远	89
给托尔斯泰	91
诗集	93
诗经之肥鼠	94
雨鞋	96
献诗	97
给安庆	99
两座村庄	100
重建家园	102
麦地与诗人	104
五月的麦地	106
幸福的一日　致秋天的花楸树	107

夜晚 亲爱的朋友	108
晨雨时光	109
为什么你不生活在沙漠上	110
诗人叶赛宁(组诗)	112
盲目	124
给萨福	126
十四行:王冠	128
十四行:玫瑰花园	130
日出	132
祖国	133
秋	136
秋天	137
秋日黄昏	139
枫	141
灯诗	143
不幸	145
尼采,你使我想起悲伤的热带	151
四行诗	154
酒杯:情诗一束	157
八月之杯	159
秋	160

夜色	161
眺望北方	162
跳伞塔	164
太阳和野花	167
日记	172
西藏	174
远方	175
雪	177
情诗一束	179
遥远的路程:十四行	185
面朝大海,春暖花开	186
酒杯	187
遥远的路程	188
最后一夜和第一日的献诗	189
黑夜的献诗	190
献给太平洋	192
献诗	193
黎明	194
四姐妹	196
黎明(之二)	198

月全食	200
春天,十个海子	204
太阳·诗剧(节选)	206
附:海子日记三则	213

我是太阳的儿子[①](代序)

——给长江,也给和我一样年轻的人们

海 子

1

今年盛夏,我来到长江上,江水浑浊。在深深的震动之后,我觉得自己整个儿身心忽然宁静下来,宁静极了,仿佛自己的躯壳肉胎脱离了意识,我只觉得自己像一面白色的小旗子似的翅膀贴在水面上。在第一次读《野草》时我曾有过这样的感觉。合上那本小册子后,我灵魂的翅膀和耳朵就是这样,久久地宁静地张开着。

人是什么,我说不清。但我这样写下了长江:"我知道我是河流/我知道我身上一半是血浆一半是泥沙。"

人,应该知道自己是什么,应该知道自己的河流和

---

① 这篇文章发表在1984年第2期《蓝天与宝剑》,署名"海子"。

历史是浑浊而不是透明的;应该知道自己的血管里流的是血。

2

在长江上,在这条古老的河流上,我意外地觉察到自己的年轻。我想起了我的那些不安分的青年朋友:有的做实验;有的念书;有的写诗;还有的甚至在做买卖,搞长途贩运。这条大河哺育的大地上新近吹起了一股强劲的,带有新鲜海腥味的风,我们赶上了一个不安分的变革时代。

河在流。许许多多新鲜水流的加入支撑和开拓着这条大河。年轻的灵魂总是最靠近新纪元的胎房。我们的烦躁不安表明了这是一个巨大而深刻的入口处。

少年维特的烦恼首先是一种时代情绪,我们不能简单地以为歌德仅仅是在叙谈一个感伤的爱情故事。《红楼梦》的伟大也在于它真实地描述了一群青年女子在旧时代末的心灵波动。

现在,新浪潮一个紧接着一个地来临。以往的节拍紊乱了,很可能,新的节奏会被另一些人斥为噪音。

但趋势不可转。

3

为了明天,让我们上路吧。

4

成熟是不知不觉来到的。当我们似乎寂寞地过着日子,没有了任何倚靠的心理,歪歪斜斜地上路的时候,我们突然沉默起来。

那一年,我回到故乡,正赶上大忙季节。人们的皮肤晒脱了好几层皮。在干完一上午的累活后,我竟倒在田埂的新鲜干草上睡了一觉。弟弟已长成了一个男子汉,比我还有力气。当我和他并肩干活时,我体会到一种从未有过的愉快情绪。在需要共同使劲时,我们总是匆忙地互相看一眼,真带劲!大概,这就是一种兄弟情分和男子汉的友谊吧。

为了明天,朋友们,让我们挽起手来。

我想,真正的友谊是我成熟的另一种形式。

5

长江,在寂寞地流着。

我有时也很寂寞,喜欢一些忧伤的曲子和诗句。我想,在生物当中,人最懂得寂寞,已经过去了二十八个世纪①,前面还很漫长。那么,我们会不会在历史的细纹里消失呢?人,是短暂的,是寂寞的,青春更是如此。

寂寞,可能就是因为我们渴望燃烧。

寂寞,也就是因为我们还没有充分燃烧。

有一位诗人这样写道:

> 我是太阳的儿子
> 还没有充分燃烧的太阳的儿子

6

另一位诗人这样写道:

> 让土地知道它是土地
> 让种子知道它是种子

---

① 此处应是印刷错误,应为"二十个世纪"。

亚 洲 铜

亚洲铜,亚洲铜
祖父死在这里,父亲死在这里,我也将死在这里
你是唯一的一块埋人的地方

亚洲铜,亚洲铜
爱怀疑和爱飞翔的鸟,淹没一切的是海水
你的主人却是青草,住在自己细小的腰上,守住野花的
 手掌和秘密

亚洲铜,亚洲铜
看见了吗?那两只白鸽子,它们是屈原遗落在沙滩上
 的白鞋子
让我们——我们和河流一起,穿上它们吧

亚洲铜,亚洲铜

击鼓之后,我们把在黑暗中跳舞的心脏叫作月亮
这月亮主要由你构成

1984

阿尔的太阳

——给我的瘦哥哥

"一切我所向着自然创作的,是栗子,从火中取出来的。啊,那些不信任太阳的人是背弃了神的人。"

  到南方去
  到南方去
  你的血液里没有情人和春天
  没有月亮
  面包甚至也不够
  朋友更少
  只有一群苦痛的孩子,吞噬一切
  瘦哥哥梵高,梵高啊
  从地下强劲喷出的
  火山一样不计后果的
  是丝杉和麦田
  还有你自己

喷出多余的活命时间
其实,你的一只眼睛就可能照亮世界
但你还要使用第三只眼,阿尔的太阳
把星空烧成粗糙的河流
把土地烧得旋转
举起黄色的痉挛的手,向日葵
邀请一切火中取栗的人
不要再画基督的橄榄园
要画就画橄榄收获
画强暴的一团火
代替天上的老爷子
洗净生命
红头发的哥哥,喝完苦艾酒
你就开始点这把火吧
烧吧

1984

历 史

我们的嘴唇第一次拥有
蓝色的水
盛满陶罐
还有十几只南方的星辰
火种
最初忧伤的别离

岁月呵

你是穿黑色衣服的人
在野地里发现第一枝植物
脚插进土地
再也拔不出
那些寂寞的花朵
是春天遗失的嘴唇

岁月呵,岁月
公元前我们太小
公元后我们又太老
没有人见到那一次真正美丽的微笑
但我还是举手敲门
带来的象形文字
撒落一地

岁月呵
岁月

到家了
我缓缓摘下帽子
靠着爱我的人
合上眼睛
一座古老的铜像坐在墙壁中间
青铜浸透了泪水

岁月呵

1984

新　娘

故乡的小木屋、筷子、一缸清水
和以后许许多多日子
许许多多告别
被你照耀

今天
我什么也不说
让别人去说
让遥远的江上船夫去说
有一盏灯
是河流幽幽的眼睛
闪亮着
这盏灯今夜睡在我的屋子里

过完了这个月,我们打开门

一些花开在高高的树上
一些果结在深深的地下

1984

民间艺人

平原上有三个瞎子
要出远门

红色的手鼓在半夜
突然敲响

并没有死人
并没有埋下枣木拐杖

敲响,敲响
心在最远的地方沉睡

平原上有三个瞎子
要出远门

那天夜里
摸黑吃下高粱饼

1984.11

海上婚礼

海湾
蓝色的手掌
睡满了沉船和岛屿
一对对桅杆
在风上相爱
或者分开

风吹起你的
头发
一张棕色的小网
撒满我的面颊
我一生也不想挣脱

或者如传说那样
我们就是最早的
两个人

住在遥远的阿拉伯山崖后面
苹果园里
蛇和阳光同时落入美丽的小河
你来了
一只绿色的月亮
掉进我年轻的船舱

我,以及其他的证人

故乡的星和羊群
像一支支白色美丽的流水
跑过
小鹿跑过
夜晚的目光紧紧追着

在空旷的野地上,发现第一枝植物
脚插进土地
再也拔不出
那些寂寞的花朵
是春天遗失的嘴唇

为自己的日子
在自己的脸上留下伤口
因为没有别的一切为我们作证

我和过去
隔着黑色的土地
我和未来
隔着无声的空气

我打算卖掉一切
有人出价就行
除了火种、取火的工具
除了眼睛
被你们打得出血的眼睛

一只眼睛留给纷纷的花朵
一只眼睛永不走出铁铸的城门
　　黑井

1984.6

苹果的歌

在立交桥上
一个男人
拎着苹果
遇见另一个拎着苹果的男人
他们寒暄了一会儿
他们并没有听见
两兜苹果
见面后
正在合唱一支歌
那些种子和种树人在他们身体里常唱
的忧伤的歌

他们分手了
苹果的歌还没有唱完

黑森林

——给渠炜

1

在黑篮子边缘
阳光离开嘴唇
我早就说了
时间还没到

一只遥远的平原
传出夜里
深刻的铸铜声
那些男子和根
那些大佛
那些钟声和蔬菜
我想,我们是地,我们是黑森林
这是最后一次沉睡。

2

那些狂乱的孩子
腥膻是注定的
往上撞,往上撞
骨血耗损多年的石碑
他们相信自己
其实是醒着的,永远是醒着的
相信天明之前
很早就有神灯

3

时间是不是
开着一种钥匙勺草
纷纷释放
东方手指
到达海上

腥膻是夜里的气味

腥膻是土地的气味

4

然后我转过身来
面对你们
请
请理解我们
请登上这些诚恳而年轻的脸
一片片辉煌的陆地
请告别
告别那古老而空洞的船

5

"一匹暗绿的老马
奔逃万里"
谁是我心头难受的火
火呢——

而时间还没到。

月亮还需要在夜里积累。
月亮还需要在东方积累。

1984.11

跳 跃 者

老鼻子橡树
夹住了我的蓝鞋子
我却是跳跃的
跳过榆钱儿
跳过鹅和麦子
一年跳过
十二间空屋子和一些花穗
从一口空气
跳进另一口空气
我是深刻的生命

我走过许多条路
我的袜子里装满了错误
日记本是红色的
是红色的流浪汉
脖子上写满了遗忘的姓名,跳吧

跳够了我就站住

站在山顶上沉默

沉默是山洞

沉默是山洞里一大桶黄金

沉默是因为爱情

                      1984.12

夏天的太阳

夏天
如果这条街没有鞋匠

我就打赤脚
站到太阳下看太阳

我想到在白天出生的孩子
一定是出于故意

你来人间一趟
你要看看太阳

和你的心上人
一起走在街上

了解她

也要了解太阳

(一组健康的工人
正午抽着纸烟)

夏天的太阳
太阳

当年基督入世
也在这阳光下长大

      1985.1

活在珍贵的人间

活在这珍贵的人间
太阳强烈
水波温柔
一层层白云覆盖着
我
踩在青草上
感到自己是彻底干净的黑土块

活在这珍贵的人间
泥土高溅
扑打面颊
活在这珍贵的人间
人类和植物一样幸福
爱情和雨水一样幸福

1985. 1. 12

熟了麦子

那一年
兰州一带的新麦
熟了

在水面上
混了三十多年的父亲
回家来

坐着羊皮筏子
回家来了

有人背着粮食
夜里推门进来

油灯下
认清是三叔

老哥俩
一宵无言

只有水烟锅
咕噜咕噜

谁的心思也是
半尺厚的黄土
熟了麦子呀!

1985.1.20

你 的 手

北方
拉着你的手
手
摘下手套
她们就是两盏小灯

我的肩膀
是两座旧房子
容纳了那么多
甚至容纳过夜晚
你的手
在他上面
把他们照亮

于是有了别后的早上
在晨光中

我端起一碗粥
想起隔山隔水的
北方
有两盏灯

只能远远地抚摸

　　　　　　　　　1985.2

窗　户

——写于故乡的腊月

腊月太深太深
除了窗户,我一无所有
你的人间
只有我
我用一首诗
把你珍藏在
你母亲的
窗户里

(不知你母亲
会不会梦见我)
站在窗外
我是你的天空
为你微笑,为你晴朗

坐在窗内

你是我的夜晚
为我呼吸,为我美丽

腊月太深太深
除了你母亲的窗户
我一无所有

1985.2

想起了64年夏天

"在那一年,我出生在春天,你出生在秋天,
那么在夏天,上帝又做了些什么呢?"

  太阳和哑土地
  早就有了
  粮食与花早就有了
  在夏天的两头
  坐着遥望的我们,互相伸出手来

  月亮早就有了离合
  水面早就大于陆地
  黑胴体的树也已经扎根
  在夏天的两头
  坐着遥望的我们,互相伸出手来

  早就有了一条山脉积雪

两块平原种麦
还有几条旧河套远远相隔
在夏天的两头
坐着遥望的我们,互相伸出手来

早就有了一家
接生的老医院
石台阶上站满了焦急的父亲
在夏天的两头
坐着遥望的我们,互相伸出手来

早就有了那颗命星
照耀着……一对尺半长的红蜡烛
早就牵好隐秘的线
在夏天的两头
坐着遥望的我们,互相伸出手来

甚至早就有了
我们
有了我们的但愿

但愿这个夏天
保佑我们的一切

      1985.3

写给脖子上的菩萨

呼吸,呼吸
我们是装满热气的
两只小瓶
被菩萨放在一起

菩萨是一位很愿意
帮忙的
东方女人
一生只帮你一次

这也足够了
通过她
也通过我自己
双手碰到了你,你的

呼吸

两片抖动的小红帆
含在我的唇间
菩萨知道
菩萨住在竹林里
她什么都知道
知道今晚
知道一切恩情
知道海水是我
洗着你的眉
知道你就在我身上呼吸,呼吸

菩萨愿意
菩萨心里非常愿意
就让我出生
让我长成的身体上
挂着潮湿的你

1985.4

麦　地

吃麦子长大的
在月亮下端着大碗
碗内的月亮
和麦子
一直没有声响

和你俩不一样
在歌颂麦地时
我要歌颂月亮

月亮下
连夜种麦的父亲
身上像流动金子

月亮下
有十二只鸟

飞过麦田
有的衔起一颗麦粒
有的则迎风起舞,矢口否认。

看麦子时我睡在地里
月亮照我如照一口井
家乡的风
家乡的云
收聚翅膀
睡在我的双肩

麦浪——
天堂的桌子
摆在田野上
一块麦地。

收割季节
麦浪和月光
洗着快镰刀。

月亮知道我

有时比泥土还要累
而羞涩的情人
眼前晃动着
麦秸。

我们是麦地的心上人
收麦这天我和仇人
握手言和
我们一起干完活
合上眼睛,命中注定的一切
此刻我们心满意足地接受。

妻子们兴奋地
不停用白围裙
擦手。

这时正当月光普照大地。
我们各自领着
尼罗河、巴比伦或黄河
的孩子　在河流两岸
在群蜂飞舞的岛屿或平原

洗了手
准备吃饭。

就让我这样把你们包括进来吧
让我这样说
月亮并不忧伤
月亮下
一共有两个人
穷人和富人
纽约和耶路撒冷
还有我
我们三个人
一同梦到了城市外面的麦地
白杨树围住的
健康的麦地
健康的麦子
养我性命的麦子!

1985.6

十四行:夜晚的月亮

推开树林
太阳把血
放入灯盏

我静静坐在
人的村庄
人居住的地方

一切都和本原一样
一切都存入
人的世世代代的脸。
一切不幸

我仿佛
一口祖先们

向后代挖掘的井。
一切不幸都源于我幽深而神秘的水。

        1985.6.19

房　屋

你在早上
碰落的第一滴露水
肯定和你的爱人有关
你在中午饮马
在一枝青丫下稍立片刻
也和她有关
你在暮色中
坐在屋子里,不动
还是与她有关

你不要不承认

巨日消隐,泥沙相合,狂风奔起
那雨天雨地哭得有情有意
而爱情房屋温情地坐着

遮蔽母亲也遮蔽儿子

遮蔽你也遮蔽我。

1985

打　钟

打钟的声音里皇帝在恋爱
一支火焰里
皇帝在恋爱

恋爱,印满了红铜兵器的
神秘山谷
又有大鸟扑钟
三丈三尺翅膀
三丈三尺火焰

打钟的声音里皇帝在恋爱
打钟的黄脸汉子
吐了一口鲜血
打钟,打钟
一只神秘生物
头举黄金王冠

走于大野中央
"我是你爱人
我是你敌人的女儿
我是义军的女首领
对着铜镜
反复梦见火焰"

钟声就是这支火焰
在众人的包围中
苦心的皇帝在恋爱

1985

春 天

你迎面走来
冰消雪融
你迎面走来
大地微微颤栗

大地微微颤栗
曾经饱经忧患
在这个节日里
你为什么更加惆怅

野花是一夜喜筵的酒杯
野花是一夜喜筵的新娘
野花是我包容新娘
的彩色屋顶

白雪抱你远去

全凭风声默默流逝

春天啊

春天是我的品质

       1985(?)

明天醒来我会在哪一只鞋子里

我想我已经够小心翼翼的
我的脚趾正好十个
我的手指正好十个
我生下来时哭几声
我死去时别人又哭
我不声不响地
带来自己这个包袱
尽管我不喜爱自己
但我还是悄悄打开

我在黄昏时坐在地球上
我这样说并不表明晚上
我就不在地球上　早上同样
地球在你屁股下
结结实实
老不死的地球你好

或者我干脆就是树枝
我以前睡在黑暗的壳里
我的脑袋就是我的边疆
就是一颗梨
在我成形之前
我是知冷知热的白花

或者我的脑袋是一只猫
安放在肩膀上
造我的女主人荷月远去
成群的阳光照着大猫小猫
我的呼吸
一直在证明
树叶飘飘

我不能放弃幸福
或相反
我以痛苦为生
埋葬半截
来到村口或山上

我盯住人们死看:
呀,生硬的黄土　人丁兴旺

1985

九 月

目击众神死亡的草原上野花一片
远在远方的风比远方更远
我的琴声呜咽　泪水全无
我把这远方的远归还草原
一个叫木头　一个叫马尾
我的琴声呜咽　泪水全无

远方只有在死亡中凝聚野花一片
明月如镜　高悬草原　映照千年岁月
我的琴声呜咽　泪水全无
只身打马过草原

1986

给母亲(组诗)

1 风

风很美　果实也美
小小的风很美
自然界的乳房也美

水很美　水啊
无人和你
说话的时刻很美

你家中破旧的门
遮住的贫穷很美

风　吹遍草原
马的骨头　绿了

2 泉水

泉水　泉水
生物的嘴唇
蓝色的母亲
用肉体
用野花的琴
盖住岩石
盖住骨头和酒杯

3 云

母亲
老了,垂下白发
母亲你去休息吧
山坡上伏着安静的儿子
就像山腰安静的水
流着天空

我歌唱云朵

雨水的姐妹
美丽的求婚
我知道自己颂扬情侣的诗歌没有了用场

我歌唱云朵
我知道自己终究会幸福
和一切圣洁的人
相聚在天堂

4 雪

妈妈又坐在家乡的矮凳子上想我
那一只凳子仿佛是我积雪的屋顶

妈妈的屋顶
明天早上
霞光万道
我要看到你
妈妈,妈妈
你面朝谷仓
脚踩黄昏

我知道你日见衰老

5　语言和井

语言的本身
像母亲
总有话说,在河畔
在经验之河的两岸
在现象之河的两岸
花朵像柔美的妻子
倾听的耳朵和诗歌
长满一地
倾听受难的水

水落在远方

1984—1986

我请求:雨

我请求熄灭
生铁的光、爱人的光和阳光
我请求下雨
我请求
在夜里死去

我请求在早上
你碰见
埋我的人

岁月的尘埃无边
秋天
我请求:
下一场雨
洗清我的骨头

我的眼睛合上
我请求：

雨
雨是一生过错
雨是悲欢离合

1986(？)

村　庄

村庄,在五谷丰盛的村庄,我安顿下来
我顺手摸到的东西越少越好!
珍惜黄昏的村庄,珍惜雨水的村庄
万里无云如同我永恒的悲伤

1986

坐在纸箱上想起疯了的朋友们

旧菊花安全
旧枣花安全
扣摸过的一切
都很安全

地震时天空很安全
伴侣很安全
喝醉酒时酒杯很安全
心很安全

1986.2

肉体(之一)

在甜蜜果仓中
一枚松鼠肉体般甜蜜的雨水
穿越了天空　蓝色
的羽翼

光芒四射

并且在我的肉体中
停顿了片刻

落到我的床脚
在我手能摸到的地方
床脚变成果园温暖的树桩

它们抬起我
在一只飞越山梁的大鸟

我看见了自己
一枚松鼠肉体
般甜蜜的雨水

在我的肉体中停顿
了片刻

      1986.6

天　鹅

夜里,我听见远处天鹅飞越桥梁的声音
我身体里的河水
呼应着她们

当她们飞越生日的泥土、黄昏的泥土
有一只天鹅受伤
其实只有美丽吹动的风才知道
她已受伤。她仍在飞行

而我身体里的河水却很沉重
就像房屋上挂着的门扇一样沉重
当她们飞过一座远方的桥梁
我不能用优美的飞行来呼应她们

当她们像大雪飞过墓地
大雪中却没有路通向我的房门

——身体没有门——只有手指
竖在墓地,如同十根冻伤的蜡烛

在我的泥土上
在生日的泥土上
有一只天鹅受伤
正如民歌手所唱

1986(?)

给卡夫卡

——囚徒核桃的双脚

在冬天放火的囚徒
无疑非常需要温暖
这是亲如母亲的火光
当他被身后的几十根玉米砸倒
在地,这无疑又是
富农的田地

当他想到天空
无疑还是被太阳烧得一干二净
这太阳低下头来,这脚镣明亮
无疑还是自己的双脚,如同核桃
埋在故乡的钢铁里
工程师的钢铁里

1986.6.16

肉体(之二)

肉体美丽
肉体是树林中
唯一活着的肉体
肉体美丽

肉体,远离其他的财宝
远离其他的神秘兄弟

肉体独自站立
看见了鸟和鱼

肉体睡在河水两岸
雨和森林的新娘
睡在河水两岸

垂着谷子的大地上

太阳的肉体
一升一落,照耀四方
像寂静的
节日的
财宝和村庄
照耀

只有肉体美丽

野花,太阳明亮的女
河川和忧愁的妻子
感激肉体来临
感激灵魂有所附丽
(肉体是野花的琴
盖住骨骼的酒杯)

感激我自己沉重的骨骼
也能做梦

肉体是河流的梦
肉体看见了采茴香的人迎着泉水。

肉体美丽
肉体是树林中
唯一活着的肉体
死在树林里
迎着墓地
肉体美丽

1986

浑　曲

妹呀

竹子胎中的儿子
木头胎中的儿子
就是你满头秀发的新郎

妹呀

晴天的儿子
雨天的儿子
就是滚遍你身体的新娘

妹呀

吐出香鱼的嘴唇

航海人花园一样的嘴唇
就是咬住你的嘴唇

       1986(?)

感　动

早晨是一只花鹿
踩到我额上
世界多么好
山洞里的野花
顺着我的身子
一直烧到天亮
一直烧到洞外
世界多么好

而夜晚,那只花鹿
的主人,早已走入
土地深处,背靠树根
在转移一些
你根本无法看见的幸福
野花从地下
一直烧到地面

野花烧到你脸上
把你烧伤
世界多么好
早晨是山洞中
一只踩人的花鹿

1986

歌:阳光打在地上

阳光打在地上
并不见得
我的胸口在疼
疼又怎样
阳光打在地上

这地上
有人埋过羊骨
有人运过箱子、陶瓶和宝石
有人见过牧猪人,那是长久的漂流之后
阳光打在地上,阳光依然打在地上

这地上
少女们多得好像
我真有这么多女儿
真的曾经这样幸福

用一根水勺子
用小豆、菠菜、油菜
把她们养大
阳光打在地上

1986

半截的诗

你是我的
半截的诗
半截用心爱着
半截用肉体埋着
你是我的
半截的诗
不许别人更改一个字

在昌平的孤独

孤独是一只鱼筐
是鱼筐中的泉水
放在泉水中

孤独是泉水中睡着的鹿王
梦见的猎鹿人
就是那用鱼筐提水的人

以及其他的孤独
是柏木之舟中的两个儿子
和所有女儿,围着诗经桑麻沉湘木叶
在爱情中失败
他们是鱼筐中的火苗
沉到水底

拉到岸上还是一只鱼筐
孤独不可言说

1986

死亡之诗(之一)

漆黑的夜里有一种笑声笑断我坟墓的木板
你可知道。这是一片埋葬老虎的土地

正当水面上渡过一只火红的老虎
你的笑声使河流漂浮
的老虎
断了两根骨头
正在这条河流开始在存有笑声的黑夜里结冰
断腿的老虎顺河而下,来到我的
窗前。

一块埋葬老虎的木板
被一种笑声笑断两截

1986(?)

抱着白虎走过海洋

倾向于宏伟的母亲
抱着白虎走过海洋

陆地上有堂屋五间
一只病床卧于故乡

倾向于故乡的母亲
抱着白虎走过海洋

扶病而出的儿子们
开门望见了血太阳

倾向于太阳的母亲
抱着白虎走过海洋

左边的侍女是生命

右边的侍女是死亡

倾向于死亡的母亲
抱着白虎走过海洋

1986

谣　曲

之一

你是我的哥哥你招一招手
你不是我的哥哥你走你的路

小灯,小灯,抬起他埋下的眼睛

你的树丛大而黑
你的辕马不安宁
你的嘴唇有野蜜
你是丈夫——还是兄弟

小灯,小灯,抬起他埋下的眼睛

你是我的哥哥你招一招手
你不是我的哥哥你走你的路

之二

白鸽,白鸽
扎好我的头巾
风吹着你们的身子
像吹我白色头巾

白鸽白鸽你别说
美丽的脑袋小太阳
到了黑夜变月亮
白鸽白鸽你别说

之三

南风吹木
吹出花果
我要亲你
花果咬破

之四

月亮月亮慢慢亮
照着一只木头床
河流河流快快流
渡过我的心头肉

白马过河一片白
黑马过河一片黑
这一条河流
总是心头的河流

白马过河是月圆
黑马过河是月残
这一只月亮
总是床头的月亮

1986.8

草 原 上

在赤裸的高高的草原上
我相信这一切：
我的脚,一颗牝马的心
两道犁沟,大麦和露水
在那高高的草原上,白云浮动
我相信天才,耐心和长寿
我相信有人正慢慢地艰难地爱上我
别的人不会,除非是你
我俩一见钟情
在那高高的草原上
赤裸的草原上
我相信这一切
我相信我俩一见钟情

1986. 8. 25

海子小夜曲

以前的夜里我们静静地坐着
我们双膝如木
我们支起了耳朵
我们听得见平原上的水和诗歌
这是我们自己的平原、夜晚和诗歌

如今只剩下我一个
只有我一个双膝如木
只有我一个支起了耳朵
只有我一个听得见平原上的水
　　诗歌中的水
在这个下雨的夜晚
如今只剩下我一个
为你写着诗歌
这是我们共同的平原和水
这是我们共同的夜晚和诗歌

是谁这么说过　海子
要走了　要到处看看
我们曾在这儿坐过

       1986.8

我感到魅惑

天上的音乐不会是手指所动
手指本是四肢安排的花豆
我的身子是一份甜蜜的田亩

我感到魅惑
我就想在这条魅惑之河上渡过我自己
我的身子上还有拔不出的春天的钉子

我感到魅惑
美丽女儿,一流到底
水儿仍旧从高向低

坐在三条白蛇编成的篮子里
我有三次渡过这条河
我感到流水滑过我的四肢
一只美丽鱼婆做成我缄默嘴唇

我看见,风中飘过的女人
在水中产下卵来
一片霞光中露出来的长长的卵

我感到魅惑
满脸草绿的牛儿
倒在我那牧场的门厅

我感到魅惑
有一种蜂箱正沿河送来
蜂箱在睡梦中张开许多鼻孔

有一只美丽的鸟面对树枝而坐
我感到魅惑

我感到魅惑
小人儿,既然我们相爱
我们为什么还在河畔拔柳哭泣

1986.9

给 B 的生日

天亮我梦见你的生日
好像羊羔滚向东方
——那太阳升起的地方

黄昏我梦见我的死亡
好像羊羔滚向西方
——那太阳落下的地方

秋天来到,一切难忘
好像两只羊羔在途中相遇
在运送太阳的途中相遇
碰碰鼻子和嘴唇
——那友爱的地方
那秋风吹凉的地方
那片我曾经吻过的地方

1986. 9. 10

七月不远

——给青海湖,请熄灭我的爱情

七月不远
性别的诞生不远
爱情不远——马鼻子下
湖泊含盐

因此青海不远
湖畔一捆捆蜂箱
使我显得凄凄迷人:
青草开满鲜花。

青海湖上
我的孤独如天堂的马匹
(因此,天堂的马匹不远)

我就是那个情种:诗中吟唱的野花
天堂的马肚子里唯一含毒的野花

(青海湖,请熄灭我的爱情!)

野花青梗不远,医箱内古老姓氏不远
(其他的浪子,治好了疾病
已回原籍,我这就想去见你们)

因此跋山涉水死亡不远
骨骼挂遍我身体
如同蓝色水上的树枝

啊,青海湖,暮色苍茫的水面
一切如在眼前!

只有五月生命的鸟群早已飞去
只有饮我宝石的头一只鸟早已飞去
只剩下青海湖,这宝石的尸体
　　　　暮色苍茫的水面

1986

给托尔斯泰

我想起你如一位俄国农妇暴跳如雷
补一只旧鞋的
手
时时停顿
这手掌混同于
兵士的臭脚、马肉和盐
你的灰色头颅一闪而过
教堂的裸麦中央
北方流注的河流马的脾气暴跳如雷
胸膛上面排排旧俄的栅栏暴跳如雷
低矮的天空、灯火和农妇暴跳如雷

吹灭云朵
吹灭火焰
吹灭灯盏
吹灭一切妓女

和善良女人的
嘴唇
你可以耕地,补补旧鞋
你可以爱他人,读读福音书
我记得陈旧的河谷端坐老人
端坐暴跳如雷的老人

1985.12;1986.12

诗　集

诗集
珠宝的粪筐

母牛的眼睛把她的手搁在诗集上
忧伤的灯把她的手搁在诗集上

没有一棵树是我的
感觉之树因而叫唤

诗集,穷人的丁当作响的村庄
第一台酒柜抬入村庄

诗集,我嘴唇吹响的村庄
王的嘴唇做成的村庄

1986.12

诗经之肥鼠

竹叶之间
五月之鼠吱吱响过

斑斑血
诗经拥着肥鼠
自我是一茎粮食

文字如汁对流
两次五月重逢之鼠
两只灰色的花朵

十个月加两个月
能减去一生的日子
生病的时间除外

诗经。那是病中的板床

老鼠在我的棉袄上
睡成灰色的孩子他妈

那是无法理解的粮店中
肥鼠在河龟的背上
流动了三叶不绝的竹筒子

雨　鞋

我的双脚在你之中
就像火走在柴中

雨鞋和羊和书一起塞进我的柜子
我自己被塞进相框,挂在故乡
那黏土和石头的房子,房子里用木生火
潮湿的木条上冒着烟
我把撕碎的诗稿和被雨打湿
改变了字迹的潮湿的书信
卷起来,这些灰色的信
我没有再读一遍
普希金将她们和拖鞋一起投进壁炉
我则把这些温暖的灰烬
把这些信塞进一双小雨鞋
让她们沉睡千年
梦见洪水和大雨

1987.1.12 达县

献　诗

——给 S

谁在美丽的早晨
谁在这一首诗中

谁在美丽的火中　飞行
并对我有无限的赠予

谁在炊烟散尽的村庄
谁在晴朗的高空

天上的白云
是谁的伴侣

谁身体黑如夜晚　两翼雪白
在思念　在鸣叫

谁在美丽的早晨
　　　谁在这一首诗中

                                    1987.2.11

给 安 庆

五岁的黎明
五岁的马
你面朝江水
坐下。

四处漂泊
向不谙世事的少女
向安庆城中心神不定的姨妹
打听你。谈论你

可能是妹妹
也可能是姐姐
可能是姻缘
也可能是友情。

1987

两座村庄

和平与情欲的村庄
诗的村庄
村庄母亲昙花一现
村庄母亲美丽绝伦

五月的麦地上　天鹅的村庄
沉默孤独的村庄
一个在前一个在后
这就是普希金和我　诞生的地方

风吹在村庄
风吹在海子的村庄
风吹在村庄的风上
有一阵新鲜有一阵久远

北方星光照映南国星座

村庄母亲怀中的普希金和我
闺女和鱼群的诗人　安睡在雨滴中
是雨滴就会死亡!

夜里风大　听风吹在村庄
村庄静坐　像黑漆漆的财宝
两座村庄隔河而睡
海子的村庄睡得更沉

1987.2;1987.5

重建家园

在水上　放弃智慧
停止仰望长空
为了生存你要流下屈辱的泪水
来浇灌家园

生存无须洞察
大地自己呈现
用幸福也用痛苦
来重建家乡的屋顶

放弃沉思和智慧
如果不能带来麦粒
请对诚实的大地
保持缄默　和你那幽暗的本性

风吹炊烟

果园就在我身旁静静叫喊
"双手劳动
慰藉心灵"

                              1987

麦地与诗人

询问

在青麦地上跑着
雪和太阳的光芒

诗人,你无力偿还
麦地和光芒的情义

一种愿望
一种善良
你无力偿还

你无力偿还
一颗放射光芒的星辰
在你头顶寂寞燃烧

答复

麦地
别人看见你
觉得你温暖,美丽
我则站在你痛苦质问的中心
　　　被你灼伤
我站在太阳　痛苦的芒上

麦地
神秘的质问者啊

当我痛苦地站在你的面前
你不能说我一无所有
你不能说我两手空空

麦地啊,人类的痛苦
是他放射的诗歌和光芒!

1987

五月的麦地

全世界的兄弟们
要在麦地里拥抱
东方,南方,北方和西方
麦地里的四兄弟,好兄弟
回顾往昔
背诵各自的诗歌
要在麦地里拥抱

有时我孤独一人坐下
在五月的麦地　梦想众兄弟
看到家乡的卵石滚满了河滩
黄昏常存弧形的天空
让大地上布满哀伤的村庄
有时我孤独一人坐在麦地为众兄弟背诵中国诗歌
没有了眼睛也没有了嘴唇

1987.5

幸福的一日　致秋天的花楸树

我无限热爱着新的一日
今天的太阳　今天的马　今天的花楸树
使我健康　富足　拥有一生

从黎明到黄昏
阳光充足
胜过一切过去的诗
幸福找到我
幸福说:"瞧　这个诗人
他比我本人还要幸福。"

在劈开了我的秋天
在劈开了我的骨头的秋天
我爱你,花楸树

1987

夜晚 亲爱的朋友

在什么树林,你酒瓶倒倾
你和泪饮酒,在什么树林,把亲人埋葬

在什么河岸,你最寂寞
搬进了空荡的房屋,你最寂寞,点亮灯火

什么季节,你最惆怅
放下了忙乱的箩筐
大地茫茫,河水流淌
是什么人掌灯,把你照亮

哪辆马车,载你而去,奔向远方
奔向远方,你去而不返,是哪辆马车

1987.5.20 黄昏

晨雨时光

小马在草坡上一跳一跳
这青色麦地晚风吹拂
在这个时刻　我没有想到
五盏灯竟会同时亮起

青麦地像马的仪态　随风吹拂
五盏灯竟会一盏一盏地熄灭

往后　雨会下到深夜　下到清晨
天色微明
山梁上定会空无一人

不能携上路程
当众人齐集河畔　空声歌唱生活
我定会孤独返回空无一人的山峦

1987.5.24

为什么你不生活在沙漠上

为什么你不生活在沙漠上
英雄的可怜而可爱的伴侣
我那唯一的人在何方?
用酒调着火所能留下的灰　写下几首诗?

我的形象开始上升
主宰着你的心灵!
孤独守候着
一个健康的声音!

绝望之神　你在何方?
为什么你不生活在沙漠上!
我是谁手里磨刀的石块?
我为何要把赤子带进海洋

海子躺在地上

天空上
海子的两朵云
说:

你要把事业留给兄弟　留给战友
你要把爱情留给姐妹　留给爱人
你要把孤独留给海子　留给自己

      1987.5.27 夜书

诗人叶赛宁(组诗)

1 诞生

星日朗朗
野花的村庄
湖水荡漾
野花!
生下诗人

湖水在怀孕
在怀孕
一对蓓蕾
野花的小手在怀孕
生下诗人叶赛宁

野花的村庄漆黑
如同无人居住

野花,我的村庄公主
安坐痛苦的北方
生下诗人

谁家的窗户
灯火明亮
是野花,一只安详燃烧的灯
坐在泥土的灯台上
生下诗人叶赛宁

2　乡村的云

乡村的云
故乡
你们俩是
水上的一对孩子。

云朵的门啊,请为幸福的人们打开
请为幸福
和山坡上无处躲藏的忧伤的眼睛
打开!

3 少女

少女
头枕斧头和水
安然睡去
一个春天
一朵花
一片海滩　一片田园

少女
一根伐自上帝
美丽的枝条

少女
月亮的马
两颗水滴
对称的乳房

4　诗人叶赛宁

我是中国诗人
稻谷的儿子
茶花的女儿
也是欧罗巴诗人
儿子叫意大利
女儿叫波兰
我饱经忧患
一贫如洗
昨日行走流浪
来到波斯酒馆
别人叫我
诗人叶赛宁
浪子叶赛宁
叶赛宁
俄罗斯的嘴唇
梁赞的屋顶
黄昏的面容
农民的心

一颗农民的心

坐在酒馆

像坐在一滴酒中

坐在一滴水中

坐在一滴血中

仙鹤飞走了

桌子抬走了

尸体抬走了

屋里安坐着忧郁的诗人

仍然安坐着诗人叶赛宁

叶赛宁

不曾料到又一次

春回大地

大地是我死后爱上的女人

大地啊

美丽的是你

丑陋的是我

诗人叶赛宁

在大地中

死而复生

5　玉米地

微风吹过这座小小的山冈
玉米地里棵棵玉米又瘦又小
我浇水　看着这些小小的可爱又瘦小的叶子
青青杨树叶子喧响在那一头
太阳远远地燃烧
落入一座空空的山谷

树叶是采自诸神的枪支和婚床
圆形盾牌镌刻着无知的文字

6　酗酒之一(略)

7　酗酒之二(略)

8　醉卧故乡

故乡的夜晚醉倒在地
在蓝色的月光下

飞翔的是我

感觉到心脏,一颗光芒四射的星辰

醉倒在地,头举着王冠

头举着五月的麦地

举着故乡晕眩的屋顶

或者星空,醉倒在大地上!

大地,你先我而醉

你阴郁的面容先我而醉

我要扶住你

大地!

我醉了

我是醉了

我称山为兄弟、水为姐妹、树林是情人

我有夜难眠,有花难戴

满腹话儿无处诉说

只有碰破头颅

霞光落在四邻屋顶

我的双脚踏在故乡的路上变成亲人的双脚

一路蹒跚在黄昏　升上南国星座

双手飞舞,口中喃喃不绝

我在飞翔
急促而深情的
飞翔的是我的心脏
我感觉要坐稳在自己身上
故乡,一个姓名
一句
美丽的诗行
故乡的夜晚醉倒在地

9　浪子旅程

我是浪子
我戴着水浪的帽子
我戴着漂泊的屋顶
灯火吹灭我
家乡赶走我
来到酒馆和城市

我本是农家子弟
我本应该成为
迷雾退去的河岸上

年轻的乡村教师
从教会师院毕业后
在一个黎明
和一位纯朴的农家少女
一起陷入情网
但为什么
我来到了酒馆
和城市

虽然我曾与母牛狗仔同歇在
露西亚天国
虽然我在故乡的山冈
曾与一个哑巴
互换歌唱
虽然我二十年不吱一声
爱着你,母亲和外祖父
我仍下到酒馆——俄罗斯船舱底层
啜泣酒杯的边缘
为不幸而凶狠的人们
朗诵放荡疯狂的诗

我要还家
我要转回故乡,头上插满鲜花
我要在故乡的天空下
沉默寡言或大声谈吐
我要在头上插满故乡的鲜花

10　绝命

此刻在美丽的小镇上
苦荞麦儿香
说声分手吧
和另一位叶赛宁　双手紧紧握住

点着烛火,烧掉旧诗
说声分手吧
分开编过少女秀发的十指
秀发像五月的麦苗　曾轻轻含在嘴里

和另一位叶赛宁分手
用剥过蛇皮蒙上鼓面的人类之手
自杀身亡。为了美丽歌谣的神奇鼓面

蛇皮鼓啊如今你在村中已是泪水灯笼

说声分手吧　松开埋葬自己的十指
把自己在诗篇中埋葬
此刻在美丽的小镇上
不会有苦荞麦儿香

11　天才

轻雷滚过的风中
白杨树梢在摇动
在这个黄昏
我想到天才的命运

在此刻我想起你梵高和韩波
那些命中注定的天才
一言不发
心情宁静

那些人
站在月亮中把头颅轻轻摇晃

手持火把,腰围面粉袋
心情宁静

暮色苍茫
永不复返的人哪
在孤寂的空无一人的打谷场上
被三位姐妹苦苦留下。

痛苦的天才们

饥渴难挨
可是河中滴水全无
面粉袋中没有一点面粉
轻雷滚过的风中
死者的鞋子,仍在行走
如车轮,如命运
沾满谷物与盲目的泥土

12　天才的命运(略)

1986.2—1987.5

盲 目

——给维特根施坦

那个人躲在山谷里研究刑法。
那个人打扰了语言本身。
打扰了那个俘虏和园丁。

扰乱了谷草的图案
那个人躲在山谷里
研究犯罪与刑罚。

那个人在寒冷草原搬动木桶
那个人牵着骆驼,模仿沉默的园丁
那个人咀嚼谷草犹如牲畜
那个人仿佛就是语言自身的饥饿

多欲的父亲
娶下饱满的母亲
在部落里怀孕

在酒馆里怀孕
在渔船上怀孕
船舱内消瘦的哲学家思索多欲的父亲
是多么懊恼

多欲的父亲　央求家宅存在　门窗齐全
多欲的父亲　在我们身上　如此使我们恼火

（挺矛而上的哲学家
是一个赤裸裸的人）

是我的裸体
骑上时间绿色的群马。
冲向语言在时间中的饥饿和犯罪
那个人躲在山谷里研究刑法。

1987.7.16

给萨福

美丽如同花园的女诗人们
相互热爱,坐在谷仓中
用一只嘴唇摘取另一只嘴唇

我听见青年中时时传言道:萨福

一只失群的
钥匙下的绿鹅
一样的名字。盖住
我的杯子

托斯卡尔的美丽的女儿
草药和黎明的女儿
执杯者的女儿

你野花

的名字。
就像蓝色冰块上
淡蓝色水清的溢出

萨福萨福
红色的云缠在头上
嘴唇染红了每一片飞过的鸟儿
你散着身体香味的
鞋带被风吹断
在泥土里

谷仓中的嘤嘤之声
萨福萨福
亲我一下

你装饰额角的诗歌何其甘美
你凋零的棺木像一盘美丽的
棋局

1987(？)

十四行:王冠

我所热爱的少女
河流的少女
头发变成了树叶
两臂变成了树干

你既然不能做我的妻子
你一定要成为我的王冠
我将和人间的伟大诗人一同佩戴
用你美丽叶子缠绕我的竖琴和箭袋

秋天的屋顶　时间的重量
秋天又苦又香
使石头开花　像一顶王冠

秋天的屋顶又苦又香

空中弥漫着一顶王冠
被劈开的月桂和扁桃的苦香

      1987.8.19 夜

十四行:玫瑰花园

明亮的夜晚
我来到玫瑰花园
我脱下诗歌的王冠
和沉重的土地的盔甲

玫瑰花园　玫瑰花园
我们住在绝色美人的身旁　仿佛住在月亮上
我们谈论佛光中显出的美丽身影
和雪水浇灌下你的美丽的家园

我们谈到但丁　和他的永恒的贝亚丽丝
以及天国、通往那儿永恒的天路历程
四川,我诗歌中的玫瑰花园
那儿诞生了你——像一颗早晨的星那样美丽

明亮的夜晚　多么美丽而明亮
仿佛我们要彻夜谈论玫瑰直到美丽的晨星升起。

1987.8.26

日 出

——见于一个无比幸福的早晨的日出

在黑暗的尽头
太阳,扶着我站起来
我的身体像一个亲爱的祖国,血液流遍
我是一个完全幸福的人
我再也不会否认
我是一个完全的人我是一个无比幸福的人
我全身的黑暗因太阳升起而解除
我再也不会否认　天堂和国家的壮丽景色
和她的存在……在黑暗的尽头!

1987.8.30 醉后早晨

祖 国

（或以梦为马）

我要做远方的忠诚的儿子
和物质的短暂情人
和所有以梦为马的诗人一样
我不得不和烈士和小丑走在同一道路上

万人都要将火熄灭　我一人独将此火高高举起
此火为大　开花落英于神圣的祖国
和所有以梦为马的诗人一样
我借此火得度一生的茫茫黑夜

此火为大　祖国的语言和乱石投筑的梁山城寨
以梦为上的敦煌——那七月也会寒冷的骨骼
如雪白的柴和坚硬的条条白雪　横放在众神之山
和所有以梦为马的诗人一样
我投入此火　这三者是囚禁我的灯盏　吐出光辉

万人都要从我刀口走过　去建筑祖国的语言
我甘愿一切从头开始
和所有以梦为马的诗人一样
我也愿将牢底坐穿

众神创造物中只有我最易朽　带着不可抗拒的死亡的速度
只有粮食是我珍爱　我将她紧紧抱住　抱住她在故乡生儿育女
和所有以梦为马的诗人一样
我也愿将自己埋葬在四周高高的山上　守望平静的家园

面对大河我无限惭愧
我年华虚度　空有一身疲倦
和所有以梦为马的诗人一样
岁月易逝　一滴不剩　水滴中有一匹马儿一命归天

千年后如若我再生于祖国的河岸
千年后我再次拥有中国的稻田　和周天子的雪山　天马踢踏

和所有以梦为马的诗人一样
我选择永恒的事业
我的事业　就是要成为太阳的一生
他从古至今——"日"——他无比辉煌无比光明
和所有以梦为马的诗人一样
最后我被黄昏的众神抬入不朽的太阳

太阳是我的名字
太阳是我的一生
太阳的山顶埋葬　诗歌的尸体——千年王国和我
骑着五千年凤凰和名字叫"马"的龙——我必将失败
但诗歌本身以太阳必将胜利

1987

秋

用我们横陈于地的骸骨
在沙滩上写下:青春。然后背起衰老的父亲
时日漫长　方向中断
动物般的恐惧充塞着我们的诗歌

谁的声音能抵达秋之子夜　长久喧响
掩盖我们横陈于地的骸骨——
秋已来临。
没有丝毫的宽恕和温情:秋已来临

1987.8

秋　天

你带来水　酒瓶和粮食

秋天　千里内外
树叶安睡大地
果实沉落桶底
发出闷闷声响

让镰刀平放
丰收的草原

秋天的水　上升
直到果实　果实
回声似的对称的乳房

秋天　丰收的篮子
天堂的篮子

盛放——"果实"
病床头刻画的
阿拉伯或恒河
的永久文字

而鱼唱着　梦着　村落
水离开了形状
离开了手

回声
这是两只丰收的篮子　彼此对称
乳房
手

1986.1;1987.5;1987.8—9

秋日黄昏

火焰的顶端
落日的脚下
茫茫黄昏　华美而无上
在秋天的悲哀中成熟

日落大地　大火熊熊　烧红地平线滚滚而来
使人壮烈　使人光荣与寿同在　分割黄昏的灯
百姓一万倍痛感黑夜来临
在心上滚动万寿无疆的言语

时间的尘土　抱着我
在火红的山冈上跳跃
没有谁来应允我
万寿无疆或早夭襁褓

相反的是　这个黄昏无限痛苦

无限漫长　令人痛不欲生
切开血管
落日殷红

愿有情人终成眷属
愿爱情保持一生
或者相反　极为短暂　匆匆熄灭
愿我从此再不提起

再不提起过去
痛苦与幸福
生不带来　死不带去
唯黄昏华美而无上。

1987.9.3;10.4

枫

广天一夜
暖如血。

高寒的秋之树
长风千万叶
暖如血

一叶知秋
(秋住北方——
青涩坚硬
火焰闪闪的少女
走向成熟和死亡)

多灾多难多梦幻
的北国氏族之女
镰刀和筐内

秋天的头颅落地
姐妹血迹殷红
北国氏族之女
北国之秋住家乡
明日天寒地冻
日短夜长
路远马亡。

北国氏族之女
一火灭千秋。
虽果亡树在。

北国氏族之女
——柿子和枫
相抢(?)于此秋天
刀刃闪闪发亮
人头落地　血迹殷红
一只空空的杯子权做诗歌之棺
暖如地血　寒比天风。

1987.11.2

灯　诗

灯,从门窗向外生活
灯啊是我内心的春天向外生活
黑暗的蜜之女王
向外生活,"有这样一只美丽的手向外生活"

火种蔓延的灯啊
是我内心的春天一人放火
没有火光,没有火光烧坏家乡的门窗
春天也向外生长
度过炎炎大火的一颗火
却被秋天遍地丢弃
让白雪走在酒上享受生活

你是灯
是我胸脯上的黑夜之蜜
灯,怀抱着黑夜之心

烧坏我从前的生活和诗歌
灯,一手放火,一手享受生活
茫茫长夜从四方围拢
如一场黑色的大火
春天也向外生长
还给我自由,还给我黑暗的蜜、空虚的蜜
孤独一人的蜜
我宁愿在明媚的春光中默默死去
"有这样一只美丽的手在酒上生活"
要让白雪走在酒上享受生活。

1987(?)

不 幸

——给荷尔德林

1 病中的酒

抬起了一张病床
我的荷尔德林　他就躺在这张床上
马　疯狂地奔驰一阵
横穿整个法兰西

成为纯洁诗人、疾病诗人的象征
不幸的诗人啊
人们把你像系马一样
系在木匠家一张病床上

我不知道
在八月逝去的黄昏
二哥索福克勒斯
是否用悲剧减轻了你的苦痛

当那些姐妹和长老
举起了不幸的羊毛
燃烧的羊毛
像白雪一样燃烧

他说——不要着急,焦躁的诸神
等一首故乡的颂歌唱完
我就会钻进你们那
黑暗和迟钝的羊角

丰足的羊角　呜呜作响的羊角
王冠和疯狂的羊角:我躺下
——"一万年太久"
只有此羊角　诗歌黑暗　诗人盲目

2　怀念　或没有收获

等你手拿钝镰刀
割下白雪和羊毛
不幸的荷尔德林已经发疯

修道院总管的儿子

银行家夫人的情人

不幸的荷尔德林已经发疯

等你建好医院

安放好一张又一张病床

荷尔德林就躺在第一张床上

经历没有收获的日子

那是幸福的

——"收获即苦难。"

只好怀念大雁——

那哭泣和笑容的篮子

当你追随我

来到人类的生活

只好怀念大雁——

那被黄昏染红的肉体的新娘。

3 牧羊人的舞蹈——对称——黑暗沉寂之国

(有题无诗)

4 血以后是黑暗——比血更红的是黑暗

荷尔德林——告诉我那黑暗是什么
他又怎样把你淹没
把你拥进他的怀抱
像大河淹没了一匹骏马

存在者　嘶叫者　和黑暗之桶的主人啊
你——现在又怎样在深渊上飞翔——阴郁地起舞——
　　将我抛弃
并将我嘲笑——荷尔德林
你可是也已成为黑暗的大神的一部分

故乡
……我们仍抱着这光中飞散的桶的碎片营造土地和
　　村庄
他们终究要被黑暗淹没
告诉我,荷尔德林——我的诗歌为谁而写

掘地深藏的地洞中毒药般诗歌和粮食

房屋和果树——这些碎片——在黑暗中又会呈现怎样
　的景象,荷尔德林?
延续六年的阴郁的旅行之路啊
兄弟们是否理解?狄奥提马是否同情——她虽已早死?

哪一位神曾经用手牵引你度过这光明和黑暗交织的道
　路?
你在那些渡口又遇见什么样的老母和木匠的亲人?
他们是幻象　还是真理?
是美丽还是谎言?是阴郁还是狂喜?

还是这两者的合一:统治。
血以后是黑暗——比血更红的是黑暗
我永久永久怀念着你
不幸的兄弟　荷尔德林!

5　致命运女神

　　怀抱心上人摔坏的一盏旧灯
　　怀抱悬崖上幸福的花草纵身而下

红色的大雁
隔河相望美丽村镇

致命运女神的几行诗句
痛苦在山上但说无妨

红色的大雁
在南风中微微吹动

少女食羊　羊食少年死后长出的青青草秆
一团白云卷走了你

随风来去的羊
——命运女神！

1987.11.1/11.7 夜录

尼采,你使我想起悲伤的热带

别人的诗:金黄的秋收俯伏在希腊的大理石上。

  一只陶罐上
  镌刻一尾鱼
  我住在鱼头
  你住在鱼尾
  我在冰天雪地的酒馆忙于宗教
  冻得全身发红
  你头发松开,充满情欲和狂暴

  悲伤的热带
  南方的岛屿
  我的梦之蛇

  你踏上雇佣军向南进军的大道
  走出战俘营代价昂贵

辉煌的十年疯狂之门
一眼望见天堂里诗人歌唱的梨花朵朵
像原始人交换新娘后
堆积在梦中岛屿上的盐。

水滴中千万颗乳房
歌唱我的一生
热带是
我的心情

是　国王的女儿
蜥蜴和袋鼠跳跃峡谷的女儿
和我
另一位呢喃而疯狂的诗人
同住在一只壶里

我的心情逼迫群蛇起舞　拥抱死亡的鹰
热带的悲伤少女
季节和岁月的火焰
你们都在十五岁就一命归天

水滴中千万颗乳房
归于虚无的热带
古老猎手萌生困惑
在山顶自缢。

       1987.11.6 夜

四 行 诗

1 思念

像此刻的风
骤然吹起
我要抱着你
坐在酒杯中

2 星

草原上的一滴泪
汇集了所有的愤怒和屈辱
泪水,走遍一切泪水
仍旧只是一滴

3 哭泣

天鹅像我黑色的头发在湖水中燃烧
我要把你接进我的家乡
有两位天使放声悲歌
痛苦地拥抱在家乡屋顶上

4 大雁

绿蒙蒙的草原上
一个美好少女
在月光照耀的地方
说　好好活吧,亲爱的人

5

当强盗留下遗言后
夜深独坐,把地牢当作果园
月亮吹着一匹强盗的马
流淌着泪水

6　海伦

盲诗人荷马
梦着　得到女儿
看得见她　捧着杯子
用我们的双眼站在他面前

1987(?)

酒杯:情诗一束

1　火热的嘴唇

两万只酒杯从你诞生
万物的疾病从你诞生

2　月亮

沉默的活着的镰刀形的火光
似一颗焚烧的头颅在荒野滚动
沉默的活着的镰刀形的牧场
神秘、寒冷而寂静。

3　乳房

埃及的河水
在埃及的子夜

——这黑夜的酒

这黑夜的酒　变成我的双手

4　盲目

手在果园里
就不再孤单
两只自己的手
在怀孕别的手

5　火热的嘴唇

那是花朵　那是头颅做成的酒杯
酒杯在草原上轻轻碰撞
盛满酒精的头颅空空荡荡

火苗熏黑的山梁
帐篷诞生又死亡。

火灾中升起的灯光　把大地照亮。

1987(？)

八月之杯

八月逝去　山峦清晰
河水平滑起伏
此刻才见天空
天空高过往日

有时我想过
八月之杯中安坐真正的诗人
仰视来去不定的云朵
也许我一辈子也不会将你看清

一只空杯子　装满了我撕碎的诗行
一只空杯子——可曾听见我的喊叫?!
一只空杯子内的父亲啊
内心的鞭子将我们绑在一起抽打

1987

秋

秋天深了,神的家中鹰在集合
神的故乡鹰在言语
秋天深了,王在写诗
在这个世界上秋天深了
该得到的尚未得到
该丧失的早已丧失。

1987

夜 色

在夜色中
我有三次受难:流浪、爱情、生存
我有三种幸福:诗歌、王位、太阳

1988.2.28 夜

眺望北方

我在海边为什么却想到了你
不幸而美丽的人　我的命运
想起你　我在岩石上凿出窗户
眺望光明的七星
眺望北方和北方的七位女儿
在七月的大海上闪烁流火

为什么我用斧头饮水　饮血如水
却用火热的嘴唇来眺望
用头颅上鲜红的嘴唇眺望北方
也许是因为双目失明

那么我就是一个盲目的诗人
在七月的最早几天
想起你　我今夜跑尽这空无一人的街道
明天,明天起来后我要重新做人

我要成为宇宙的孩子　世纪的孩子
挥霍我自己的青春
然后放弃爱情的王位
　　去做铁石心肠的船长
走遍一座座喧闹的都市
　　我很难梦见什么
除了那第一个七月,永远的七月
七月是黄金的季节啊
当穷苦的人在渔港里领取工钱
我的七月萦绕着我,像那条爱我的孤单的蛇
——她将在痛楚苦涩的海水里度过一生

        1987.7;1988.3

跳伞塔

我在一个北方的寂寞的上午
一个北方的上午
思念着一个人。

我是一些诗歌草稿
你是一首诗。

我想抱着满山火红的杜鹃花
走入静静的跳伞塔

我清楚地意识到
前面就是一条大河
和一个广大的北方平原

美丽总是使我沉醉

已经有人
开始照耀我
在那偏僻拥挤的小月台上
你像星星照耀我的路程

在这座山上
为什么我只看见这么一棵
美丽的杜鹃?

我只看见过这么一棵
果然火红而美丽

我在这个夜晚
我住在山腰
房子里
我的面前充满了泉水
或溪涧之水的声音

静静的跳伞塔
心醉的屋子　你打开门
让我永远在这幸福的门中

北方　那片起伏的山峰
远远的
只有九棵树

1988.4.23

太阳和野花

——给 AP

太阳是他自己的头。
野花是她自己的诗。

我对你说
你的母亲不像我的母亲。

在月光照耀下
你的母亲是樱桃
我的母亲是血泪

我对天空说,
月亮,她是你篮子里纯洁的露水
太阳,我是你场院上发疯的钢铁

太阳是他自己的头。
野花是她自己的诗。

在一株老榆树的底下
平原上
流过我的骨头

在猎人夫妻的眼中　在山地
那自由的尸首
淌向何方

两位母亲在不同的地方梦着我。
两位女儿在不同的地方变成了母亲。
当田野还有百合,天空还有鸟群
当你还有一张大弓、满袋好箭
该忘记的早就忘记
该留下的永远留下

太阳是他自己的头
野花是她自己的诗

总是有寂寞的日子。
总是有痛苦的日子。

总是有孤独的日子。
总是有幸福的日子。
然后再度孤独。

是谁这么告诉过你：
答应我
忍住你的痛苦
不发一言
穿过这整座城市
远远地走来
去看看他，去看看海子
他可能更加痛苦
他在写一首孤独而绝望的诗歌
　死亡的诗歌

他写道：
平原上
流过我的骨头。
当高原的人　在榆树底下休息
当猎人和众神
或起或坐，时而相视，时而相忘

当牛羊和牛羊在草上
看见一座悬崖上
牧羊人堕下,额角流血
再也救不活他了——
他写道:
平原上
流过我的骨头。
这时,你要
去看看他。

答应我
忍住你的痛苦
不发一言
穿过这整座城市

那个牧羊人
也许会被你救活
你们还可以成亲
在一对大红蜡烛下。
这时他就变成了我。

我会在我自己的胸脯找到一切幸福。
红色荷包、羊角、蜂巢、嘴唇
和一对白色羊儿般的乳房。

我会给你念诗:
太阳是他自己的头。
野花是她自己的诗。

到那时　到那一夜
也可以换句话说:
太阳是野花的头。
野花是太阳的诗。
他们只有一颗心。
他们只有一颗心。

1988.5.16 夜

删1986年以来许多旧诗稿而得。

日　记

姐姐,今夜我在德令哈,夜色笼罩
姐姐,今夜我只有戈壁

草原尽头我两手空空
悲痛时握不住一颗泪滴
姐姐,今夜我在德令哈
这是雨水中一座荒凉的城

除了那些路过的和居住的
德令哈……今夜
这是唯一的,最后的,抒情。
这是唯一的,最后的,草原。

我把石头还给石头
让胜利的胜利
今夜青稞只属于她自己

一切都在生长

今夜我只有美丽的戈壁　空空

姐姐,今夜我不关心人类,我只想你

1988.7.25 火车经德令哈

西　藏

西藏,一块孤独的石头坐满整个天空
没有任何夜晚能使我沉睡
没有任何黎明能使我醒来

一块孤独的石头坐满整个天空
他说:在这一千年里我只热爱我自己

一块孤独的石头坐满整个天空
没有任何泪水使我变成花朵
没有任何国王使我变成王座

1988.8

远　方

远方除了遥远一无所有

遥远的青稞地
除了青稞　一无所有

更远的地方　更加孤独
远方啊　除了遥远　一无所有

这时　石头
飞到我身边

石头　长出　血
石头　长出　七姐妹。

站在一片荒芜的草原上

那时我在远方
那时我自由而贫穷。

这些不能触摸的　姐妹
这些不能触摸的　血
这些不能触摸的　远方的幸福

远方的幸福　是多少痛苦

1988.8.19 萨迦夜;8.21 拉萨

雪

千辛万苦回到故乡
我的骨骼雪白　也长不出青稞

雪山,我的草原因你的乳房而明亮
冰冷而灿烂

我的病已好
雪的日子　我只想到雪中去死
我的头顶放出光芒

有时我背靠草原
马头作琴　马尾为弦
戴上喜玛拉雅　这烈火的王冠

有时我退回盆地,背靠成都
人们无所事事,我也无所事事

只有爱情　剑　马的四蹄

割下嘴唇放在火上
大雪飘飘
不见昔日肮脏的山头
都被雪白的乳房拥抱

深夜中　火王子　独自吃着石头　独自饮酒

1988.8

情诗一束

1 青海湖

这骄傲的酒杯
为谁举起
荒凉的高原

天空上的鸟和盐　为谁举起

波涛从孤独的十指退去,
白鸟的岛屿,儿子们围住
在相距遥远的肮脏镇上。

一只骄傲的酒杯,
青海的公主　请把我抱在怀中
我多么贫穷,多么荒芜,我多么肮脏
一双雪白的翅膀也只能给我片刻的幸福

我看见你从太阳中飞来
蓝色的公主　青海湖
我孤独的十指化为天空上雪白的鸟。

1988.7.25

2　大风

起风的黄昏好像去年秋天
树木损伤的香味弥漫四周

想她头发飘飘
面颊微微发凉
守着她的母亲
抱着她的女儿
坐在盆地中央
坐在她的家中

黄昏幽暗降临
大风刮过天空
万风之王起舞

化为树木受伤

1988.2.4

3 山楂树

今夜我不会遇见你
今夜我遇见了世上的一切
但不会遇见你。

一棵夏季最后
火红的山楂树
像一辆高大女神的自行车
像一个女孩　畏惧群山
呆呆站在门口
她不会向我
跑来!

我走过黄昏
像风吹向远处的平原
我将在暮色中抱住一棵孤独的树干
山楂树! 一闪而过　啊! 山楂

我要在你火红的乳房下坐到天亮。
又小又美丽的山楂的乳房
在高大女神的自行车上
在农奴的手上
在夜晚就要熄灭

1988.6.8—10

4　绿松石

这时候　绿色小公主
来到我的身边。
青海湖,绿色小公主
你曾是谁的故乡
你曾是谁的天堂?
当一只雪白的鸟
无法用翅膀带走
人类的小镇
——它留在肮脏的山梁。

和水相比　土地是多么肮脏而荒芜

绿色小公主抹去我的泪水,
说,你是年老的国土上
一位年轻的国王,老年皇帝会伏在你的肩头死去。
土地张开又合拢。

1988.7.24

5 无名的野花

看不见你,十六岁的你
看不见无名的,芳香的
正在开花的你。

看不见提着鞋子　在雨中
走在大草原上的
恍惚的女神

看不见你,小小的年纪
一身红色的走在
空荡荡的风中

来到我身边,

你已经成熟,
你的头发垂下像黑夜。
我是黑夜中孤独的僧侣
埋下种子在石窟中,
我将这九盏灯
嵌入我的肋骨。

无论是白色的还是绿色的
起自天堂或地府的
青海湖上的大风
吹开了紫色血液
开上我的头颅,
我何时成了这一朵
无名的野花?

1988.11.2

遥远的路程:十四行

献给 89 年初的雪

我的灯和酒坛上落满灰尘
而遥远的路程上却干干净净
我站在元月七日的大雪中,还是四年以前的我
我站在这里,落满了灰尘,四年多像一天,没有变动
大雪使屋子内部更暗,待到明日天晴
阳光下的大雪刺痛人的眼睛,这是雪地,使人羞愧
一双寂寞的黑眼睛多想大雪一直下到他内部

雪地上树是黑暗的,黑暗得像平常天空飞过的鸟群
那时候你是愉快的,忧伤的,混沌的
大雪今日为我而下,映照我的肮脏
我就是一把空空的铁锹
铁锹空得连灰尘也没有
大雪一直纷扬扬
远方就是这样的,就是我站立的地方

1989. 1. 7

面朝大海,春暖花开

从明天起,做一个幸福的人
喂马、劈柴,周游世界
从明天起,关心粮食和蔬菜
我有一所房子,面朝大海,春暖花开

从明天起,和每一个亲人通信
告诉他们我的幸福
那幸福的闪电告诉我的
我将告诉每一个人

给每一条河每一座山取一个温暖的名字
陌生人,我也为你祝福
愿你有一个灿烂的前程
愿你有情人终成眷属
愿你在尘世获得幸福
我只愿面朝大海,春暖花开

1989. 1. 13

酒　杯

你的泪水为我洗去尘土和孤独
你的泪水为我在飞机场周围的稻谷间珍藏
酒杯,你这石头的少女,你这石头的牢房,石头的伞

酒,石头的牢房囚禁又释放的满天奔腾的闪电
昨天一夜明亮的闪电使我的杯子又满又空
看哪！河水带来的泥沙堆起孤独的房屋

看哪！你的房子小得像一只酒杯
你的房子小得像一把石头的伞

多云的天空下　潮湿的风吹干的道路
你找不到我,你就是找不到我,你怎么也找不到我
在昔日山坡的羊群中
酒杯,你是一间又破又黑的旧教室
淹没在一片海水

1989(?).1.14

遥远的路程

雨水中出现了平原上的麦子
这些雨水中的景色有些陌生
天已黑了,下着雨
我坐在水上给你写信

       1989.1.22

最后一夜和第一日的献诗

今夜你的黑头发
是岩石上寂寞的黑夜
牧羊人用雪白的羊群
填满飞机场周围的黑暗

黑夜比我更早睡去
黑夜是神的伤口
你是我的伤口
羊群和花朵也是岩石的伤口

雪山　用大雪填满飞机场周围的黑暗
雪山女神吃的是野兽穿的是鲜花
今夜　九十九座雪山高出天堂
使我彻夜难眠

1989. 1. 16—24

黑夜的献诗

——献给黑夜的女儿

黑夜从大地上升起
遮住了光明的天空
丰收后荒凉的大地
黑夜从你内部上升

你从远方来,我到远方去
遥远的路程经过这里
天空一无所有
为何给我安慰

丰收之后荒凉的大地
人们取走了一年的收成
取走了粮食骑走了马
留在地里的人,埋得很深

草杈闪闪发亮,稻草堆在火上
稻谷堆在黑暗的谷仓
谷仓中太黑暗,太寂静,太丰收
也太荒凉,我在丰收中看到了阎王的眼睛

黑雨滴一样的鸟群
从黄昏飞入黑夜
黑夜一无所有
为何给我安慰

走在路上
放声歌唱
大风刮过山冈
上面是无边的天空

1989.2.2

献给太平洋

我的婚礼染红太平洋
我的新娘是太平洋
连亚洲也是我悲伤而平静的新娘
你自己的血染红你内部孤独的天空

上帝悲伤的新娘,你自己的血染红
天空,你内部孤独的海洋
你美丽的头发
像太平洋的黄昏

1989.2

献　诗

废弃不用的地平线
为我在草原和雪山升起
脚下尘土黑暗而温暖
大地也将带给我天堂的雷电

家乡的屋顶下摆满了结婚的酒席
陪伴我的全是海水和尘土,全是乡亲
今天,太阳的新娘就是你
太平洋上唯一的人,远在他方

        1989.2.9

黎 明

(二月的雪,二月的雨)

我把天空和大地打扫干干净净
归还给一个陌不相识的人
我寂寞地等,我阴沉地等
二月的雪,二月的雨

泉水白白流淌
花朵为谁开放
永远是这样美丽负伤的麦子
吐着芳香,站在山冈上

荒凉大地承受着荒凉天空的雷霆
圣书上卷是我的翅膀,无比明亮
有时像一个阴沉沉的今天
圣书下卷肮脏而快乐
当然也是我受伤的翅膀
荒凉大地承受着更加荒凉的天空

我空荡荡的大地和天空
是上卷和下卷合成一本
的圣书,是我重又劈开的肢体
流着雨雪、泪水在二月

       1989.2.22

四 姐 妹

荒凉的山冈上站着四姐妹
所有的风只向她们吹
所有的日子都为她们破碎

空气中的一棵麦子
高举到我的头顶
我身在这荒芜的山冈
怀念我空空的房间,落满灰尘

我爱过的这糊涂的四姐妹啊
光芒四射的四姐妹
夜里我头枕卷册和神州
想起蓝色远方的四姐妹
我爱过的这糊涂的四姐妹啊
像爱着我亲手写下的四首诗
我的美丽的结伴而行的四姐妹

比命运女神还要多出一个
赶着美丽苍白的奶牛　走向月亮形的山峰
到了二月,你是从哪里来的
天上滚过春天的雷,你是从哪里来的
不和陌生人一起来
不和运货马车一起来
不和鸟群一起来

四姐妹抱着这一棵
一棵空气中的麦子
抱着昨天的大雪,今天的雨水
明日的粮食与灰烬
这是绝望的麦子
请告诉四姐妹:这是绝望的麦子
永远是这样
风后面是风
天空上面是天空
道路前面还是道路

1989. 2. 23

黎明(之二)

黎明手捧亲生儿子的鲜血的杯子
捧着我,光明的孪生兄弟
走在古波斯的高原地带
神圣经典的原野
太阳的光明像洪水一样漫上两岸的平原
抽出剑刃般光芒的麦子
走遍印度和西藏
从那儿我长途跋涉　走遍印度和西藏
在雪山、乱石和狮子之间寻求
天空的女儿和诗
波斯高原也是我流放前故乡的山巅

采纳我光明言辞的高原之地
田野全是粮食和谷仓
覆盖着深深的怀着怨恨
和祝福的黑暗母亲

地母啊,你的夜晚全归你

你的黑暗全归你,黎明就给我吧

让少女佩戴花朵般鲜嫩的嘴唇

让少女为我佩戴火焰般的嘴唇

让原始黑夜的头盖骨掀开

让神从我头盖骨中站立

一片战场上血红的光明冲上了天空

火中之火,他有一个粗糙的名字:太阳

和革命,她有一个赤裸的身体

在行走和幻灭

1987.9.26 夜;1989.3.1 夜

月 全 食

我的爱人住在县城的伞中
我的爱人住在贫穷山区的伞中,双手捧着我的鲜血
一把斧子浸在我自己的鲜血中
火把头朝下在海水中燃烧
我的愚蠢而残酷的青春
是同胞兄弟和九个魔鬼
他一直走到黑暗和空虚的深处

火光明亮,我像一条河流将血红的头颅举起
又喧哗着,放到了海水下面
大海的波浪,回到尘土中去
草原上的天空,回到尘土中去
我将你们美丽的骨头带到村头
挂上妻子们的脖子
我的庄园在山顶上越来越寂静
寂静!我随身携带的万年的闪电

暴君,宝剑和伞
混沌中的嘴和剑、鼓、脊椎
暴君双手捧着宝剑,头颅和梅花
在早晨灿烂,信任我的肋骨
天生就是父亲的我
回到尘土中去吧
将被废弃不用

黑色的鸟群,内部团结
内部团结的黑夜
在草原的天空上,黑色羽毛下黑色的肉
黑色的肉有一颗暗红色的星
一群鸟比一只鸟更加孤独

鸟群的父亲,鸟群唯一的父亲
铁打的人也在忍受生活
铁打的人也风雨飘摇
所有的道路都通向天堂
只是要度过路上的痛苦时光
那一天我正走在路上

两边的荒草,比人还高

遥远的路程是我生命的一部分
有一半是在群山上伴着羊群和雨雪,独自一人守候黎明
有一半下到海底看守那些废弃不用的石头和火
那些神秘的母亲们

我看见这景色中只有我自己被上帝废弃不用
我构成我自己,用一个人形,血肉用花朵与火包围着
　空虚的混沌
我看见我的斧子闪现着人类劳动的光辉
也有疲倦和灰尘

遥远的路程
作为国王我不能忍受
我在这遥远的路程上
我自己的牺牲

我不能忍受太多的秘密
这些全都是你的
潮湿的冬天双手捧给你的

这个全身是雨滴的爱人
这个在闪电中心生活的暴君
也看见姐妹们正在启程

      1989.1 草稿
      1989.3.9 删

春天,十个海子

春天,十个海子全部复活
在光明的景色中
嘲笑这一个野蛮而悲伤的海子
你这么长久的沉睡究竟为了什么?

春天,十个海子低低地怒吼
围着你和我跳舞,唱歌
扯乱你的黑头发,骑上你飞奔而去,尘土飞扬
你被劈开的疼痛在大地弥漫

在春天,野蛮而悲伤的海子
就剩下这一个,最后一个
这是一个黑夜的孩子,沉浸于冬天,倾心死亡
不能自拔,热爱着空虚而寒冷的乡村

那里的谷物高高堆起,遮住了窗户

他们把一半用于一家六口人的嘴,吃和胃
一半用于农业,他们自己的繁殖
大风从东刮到西,从北刮向南,无视黑夜和黎明
你所说的曙光究竟是什么意思

        1989.3.14 凌晨3点—4点

太阳·诗剧(节选)

地点: 赤道。太阳神之车在地上的道
时间: 今天。或五千年前或五千年后
一个痛苦、灭绝的日子。
人物: 太阳、猿、鸣

司仪(盲诗人)

"多少年之后　我梦见自己在地狱作王"

我走到了人类的尽头
也有人类的气味——
在幽暗的日子中闪现
也染上了这只猿的气味
和嘴脸。我走到了人类的尽头
不像但丁,这时候没有闪耀的
星星。更谈不上光明

前面没有人身后也没有人
我孤独一人
没有先行者没有后来人
在这空无一人的太阳上
我忍受着烈火
也忍受着灰烬。

我走到了人类的尽头
我还爱着。虽然我爱的是火
而不是人类这一堆灰烬。
我爱的是魔鬼的火　太阳的火
对于无辜的人类　少女或王子
我全部蔑视或全部憎恨

我走到了人类的尽头
也有人类的气味——
我还爱着。在人类尽头的悬崖上那第一句话是：
一切都源于爱情。
一见这美好的诗句
我的潮湿的火焰涌出了我的眼眶
诗歌的金弦踩瞎了我的双眼

我走进比爱情更黑的地方
我必须向你们讲述　在那最黑的地方
我所经历和我看到的
我必须向你们讲述
在空无一人的太阳上
我怎样忍受着烈火
也忍受着人类灰烬

我走到了人类的尽头
也有人类的气味——
我还爱着:一切都源于爱情。
在人类尽头的悬崖上
我又匆匆地镌刻第二行诗:
爱情使生活死亡。真理使生活死亡
这样,我就听到了光辉的第三句:
与其死去！不如活着！
我是在我自己的时刻说出这句话
我是在我的头盖上镌刻这句话
这是我的声音　这是我的生命
上帝你双手捧着我像捧着灰烬

我要在我自己的诗中把灰烬歌唱
变成火种。与其死去！不如活着！
在我的歌声中，真正的黑夜来到
一只猿在赤道中央遇见了太阳。

那时候我已被时间锯开
那神。经过了小镇　处死父亲
留下了人类　留下母亲
故事说：就是我
我将一路而来
解破人类的谜底
杀父娶母。生下儿女
——那一串神秘的鲜血般花环
脱落于黑夜女人身下。
一切都不曾看见
一切都不曾经历
一切都不曾有过
一切都不存在。

人类母亲啊——这为何
为何偏偏是你的肉体

我披镣带铐。有一连串盲目
荷马啊。我们都手扶诗琴坐在大地上
我们都是被生存的真实刺瞎了双眼。
人,给我血迹　给我空虚。
我是擦亮灯火的第一位诗歌皇帝
至今仍悲惨地活在世上
在这无边的黑夜里——
我的盲目和琴安慰了你们
而他,他是谁?
仿佛一根骷髅在我内心发出的微笑

我们　活到今日总有一定的缘故　兄弟们
我们在落日之下化为灰烬总有一定的缘故
我们在辗碎我们的车轮上镌刻了多少易朽的诗?
又有谁能记清　每个人都有一条命
——活到今日。我要问。是谁活在我的命上
是谁活在我的星辰上,我的故乡?
是谁活在我的周围、附近和我的身上?
这是些什么人　或什么样的东西?!

等我追到这里

荒漠空无一人
我在河边坐下
等你等了半天
河水一波又一波
斧子已被打湿
斧子沾满水滴
喑哑的地铺上
忽明忽暗火把
照着满弓一样的乳房
那是什么岁月
我血气方刚
斧子劈在头盖骨
破碎头盖骨
从这一头飘到那一头
孕育了天地和太阳
那是什么岁月
青草带籽纷纷飘下

那时候我已经
走到了人类的尽头
那时候我已经来到赤道

那时候我已被时间锯开
两端流着血　锯成了碎片
翅膀踩碎了我的尾巴和爪鳞
四肢踩碎了我的翅膀和天空

这时候也是我上升的时候
我像火焰一样升腾　进入太阳
这时候也是我进入黑暗的时候
这时候我看见了众猿或其中的一只
回忆女神尖叫——
这时候我看见了众猿或其中的一只

1988.6

附：

海子日记三则

1986 年 8 月

从哪儿写起呢？这是一个夜里，我想写我身后的，或者说，我房子后边的一片树林子。我常常在黄昏时分，盘桓其中，得到无数昏暗的乐趣，寂寞的乐趣。有一队鸟，在那县城的屋顶上面，被阳光逼近，久久不忍离去。

（1）我是说，我是诗，我是肉，抒情就是血。歌德、叶芝，还有俄国的诗人们、英国的诗人们，都是古典抒情的代表。抒情，质言之，就是一种自发的举动。它是人的消极能力：你随时准备歌唱，也就是说，像一枚金币，一面是人，另一面是诗人。不如说你主要是人，完成你人生的动作，这动作一面映在清澈的歌唱的泉水中——诗。不，我还没有说出我的意思，我是说，你首先是恋人，其次是诗人；你首先是裁缝，是叛徒，是同情别人的人，是目击者，是击剑的人，其次才是诗人。因为,诗是被动的,是消极的,也就是在行为的深层下悄悄流动的。与其说它是水,不如说它是水中的鱼;与其说它是阳光,不如说它是阳光下的影子。别的人走向行动,我走向歌唱;就像别的人是渔夫,我是鱼。

抒情,比如说云,自发地涌在高原上。太阳晒暖了手指、木片和琵琶,最主要的是,湖泊深处的王冠和后冠。湖泊深处,抒情就是,王的座位。其实,抒情的一切,无非是为了那个唯一的人,心中的人,B、劳拉或别人,或贝亚德丽丝。她无比美丽,尤其纯洁,够得上诗的称呼。

就连我这些话也处在阴影之中。

(2)古典:当我从当代、现代走向古典时,我是遵循泉水的原理或真理的。在那里,抒情还处于一种清澈的状态处于水中王冠的自我审视。在萨福那里,水中王位不会倾斜你的牧羊人斜靠门厅而立。岩间陶瓶牵下水来。

(3)语言层次:是的,中国当前的诗,大都处于实验阶段,基本上还没有进入语言。我觉得,当前中国现代诗歌对意象的关注,损害甚至危及了她的语言要求。

夜空很高,月亮还没有升起来。

而月亮的意象,即某种关联自身与外物的象征物,或文字上美丽的呈现,不能代表诗歌中吟咏的本身。它只是活在文字的山坡上,对于流动的语言的小溪则是阻障。

但是,旧语言旧诗歌中的平滑起伏的节拍和歌唱性差不多已经死去了。死尸是不能出土的,问题在于坟墓上的花枝和青草。新的美学和新语言新诗的诞生不仅取决于感性的再造,还取决于意象与咏唱的合一。意象平民必须高攀上咏唱贵族。语言的姻亲定在这个青月亮的夜里。即,人们应当关注和审视语言自身,那宝石,水中的王,唯一的人,劳拉哦劳拉。

(4) 黎明。黎明并不是一种开始,她应当是最后来到的,收拾黑夜尸体的人。我想,这古典是一种黎明,当彼岸的鹿、水中的鹿和心上的鹿,合而为一时,这古典是一种黎明。

1986 年 11 月 18 日

我觉得今天非得写点儿什么。

这些天,我觉得全身骨骼格格响,全身的全副的锁链一下挣脱了,非常像《克里斯朵夫》上的一些描写。

我一直就预感到今天是一个很大的难关。一生中最艰难、最凶险的关头。我差一点被毁了。两年来的情感和烦闷的枷锁,在这两个星期(尤其是前一个星期)以充分显露的死神的面貌出现。我差一点自杀了:我的尸体或许已经沉下海水,或许已经焚化;父母兄弟仍在痛苦,别人仍在惊异,鄙视……但那是另一个我——另一具尸体。那不是我。我坦然地写下这句话:他死了。我曾以多种方式结束了他的生命。但我活下来了,我——一个更坚强的他活下来了,我第一次体会到了强者的尊严、幸福和神圣。我又生活在圣洁之中。过去蜕下了,如一张皮。我对过去的一张面孔,尤其是其中一张大扁脸充满了鄙视……我永远摆脱了,我将大踏步前进。

我体会到了生与死的两副面孔,似乎是多赚了一条生命。这生命是谁重新赋予的? 我将永远珍惜生命——保护她,强化她,使她放出美丽光华。今年是我生命中水火烈撞、龙虎相斗的一年。在我的诗歌艺术上也同样呈现出来。这种绝境。这种边缘。

在我的身上在我的诗中我被多次撕裂。目前我坚强地行进,像一个年轻而美丽的神在行进。《太阳》的第一篇越来越清晰了。我在她里面看见了我自己美丽的雕像:再不是一些爆炸中的碎片。日子宁静——像

高原上的神的日子,

我现在可以对着自己的痛苦放声大笑!

而突然之间,克里斯朵夫好像看到自己就躺在死者的地位,那可怕的话就在自己的嘴里喊出来,而虚度了一生,无可挽回地虚度了一生的痛苦,就压在自己的心上。于是他不胜惊骇地想着:"宁可受尽世界上的痛苦,受尽世界上的灾难,可千万不能到这个地步!"……他不是险些到了这一地步吗?他不是想毁灭自己的生命,毫无血气地逃避他的痛苦吗?以死来鄙薄自己,出卖自己,否定自己的信仰……但世界上最大的刑罚,最大的罪过,跟这个罪过相比,所有的痛苦,所有的欺骗,还不等于小孩子的悲伤?

他看到人生是一场无休、无歇、无情的战斗。凡是要做个够得上称为人的人,都得时时刻刻向无形的敌人作战:本能中那些致人死命的力量、乱人心意的欲望、暧昧的念头、使你堕落使你自行毁灭的念头,都是这一类的顽敌。他看到自己差一点儿坠入深渊,也看到幸福与爱情只是一时的欺罔,为的是叫你精神解体,自暴自弃。于是这十五岁的清教徒听见了他的上帝的声音。

1987年11月4日

仿佛是很久以前的一支笔,她放在那里,今夜我又重新握起。头绪很多,我简直不知从何写起。而且,因为全身心沉浸在诗歌创作里,任何别的创作或活动都简直被我自己认为是浪费时间。我一直想写一种经历或小说,总有一天它会脱离阵痛而顺利产出。但如今,我实在是全身心沉浸在我的诗歌创造中,这样的日子是可以称之为高原的日子、神的日子、黄金的日子、王冠的日子。我打算明年去南方,去遥远的南国之岛,去海南。在那里,在热带的景色里,我想继续完成我那包孕黑暗和光明的太阳。真的以全部的生命之火和青春之火投身于太阳的创造。以全身的血、土与灵魂来创造永恒而又常新的太阳,这就是我现在的日子。

应该说,现在和这两年,我在向歌德学习精神和诗艺,但首先是学习生活。但是,对于生活是什么?生活的现象又包孕着什么意义?人类又该怎样地生活?我确实也是茫然而混沌,但我确实是一往直前地拥抱生活,充分地生活。我挚烈地活着,亲吻,毁灭和重造,犹如一团大火,我就在大火中心。那只火焰的大鸟:"燃烧"——这个诗歌的词,正像我的名字,正像我自己向着我自己疯狂的微笑。这生活与生活的疯狂,我应该感激吗?我的燃烧似乎是盲目的,燃烧仿佛中心青春的祭典。燃烧指向一切,拥抱一切,又放弃一切,劫夺一切。生活也越来越像劫夺和战斗,像"烈"。随着生命之火、青春之火越烧越旺,内在的生命越来越旺盛,也越来越盲目。因此燃烧也就是黑暗——甚至是黑暗的中心、地狱的中心。我和但丁不一样,我在这样早早的青春中就已步入地狱的大门,开启生活和火焰的大门。我仿佛种种现象,怀抱各自本质的火焰,在黑暗中冲杀与砍伐。我的诗歌之马大汗淋漓,甚至像在流血——仿佛那落日和朝霞是我从耶稣诞生的马厩里牵出的两匹燃烧的马、流血的马——但是它越来越壮丽,美丽得令人不敢逼视。

我要把粮食和水、大地和爱情这汇集一切的青春统统投入太阳和火,让它们冲突、战斗、燃烧、混沌、盲目、残忍甚至黑暗。我和群龙一起在旷荒的大野闪动着亮如白昼的明亮眼睛,在飞翔,在黑暗中舞蹈、扭动和厮杀。我要首先成为群龙之首,然后我要杀死这群龙之首,让它进入更高的生命形式。生命在荒野不可阻挡地溢出,舞蹈。我和黑夜,同母。

但黑暗总是永恒,总是充斥我骚乱的内心。它比日子本身更加美丽,是日子的诗歌。创造太阳的人不得不永与黑暗为兄弟,为自己。

魔——这是我的母亲,我的侍从、我的形式的生命。它以醉为马,飞翔在黑暗之中,以黑暗为粮食,也以黑暗为战场。我与欲望也互通心声,互相壮大生命的凯旋,互为节奏,为夜半的鼓声和急促的屠杀。我透过大火封闭的牢门像一个魔。对我自己困在烈焰的牢中即将被烧死——我放声大笑。我不会笑得比这个更加畅快了!我要加速生命与死亡的步伐。我挥霍生命也挥霍死亡。我同是天堂和地狱的大笑之火的主人。

想起八年前冬天的夜行列车,想起最初对女性和美丽的温暖感觉——那时的夜晚几乎像白天,而现在的白天则更接近或等于真正的子夜或那劳动的作坊和子宫。我处于狂乱与风暴中心,不希求任何的安慰和岛屿,我旋转犹如疯狂的日。我是如此的重视黑暗,以至我要以《黑夜》为题写诗。这应该是一首真正伟大的诗,伟大的抒情的诗。在《黑夜》中我将回顾一个飞逝而去的过去之夜、夜行的货车和列车、旅程的劳累和不安的辗转迁徙、不安的奔驰于旷野同样迷乱的心,渴望一种夜晚的无家状态。我还要写到我结识的一个个女性、少女和女人。她们在童年似姐妹和母亲,似遥远的滚动而退却远方的黑色的地平线。她们是白天的边界之外的异境,是异国的群山,是别的民族的山河,是天堂的美丽灯盏一般挂下的果实,那样的可望而不可即。这样她们就悸动如地平线和阴影,吸引着我那近乎自恋的童年时代。接下来就是爆炸和暴乱,那革命的少年时代——这疯狂的少年时代的盲目和黑暗里的黑夜至今也未在我的内心平息和结束。少年时代他迷恋超越和辞句,迷恋一切又打碎一切,但又总是那么透明,那么一往情深,犹如清晨带露的花朵和战士手中带露的枪枝。那是没有诗而其实就是盲目之诗的岁月,执着于过眼烟云的一切,忧郁感伤仿佛上一个世纪的少年,为每一张匆匆闪过的脸孔而欣悦。每一年的每一天都会爱上一个新的女性,犹如露珠日日破裂日日重生,对于生命的本体和大地没有损害,只是增添了大地诗意的缤纷、朦胧和空幻。一切如此美好,每一天都有一个新的异常美丽的面孔等着我去爱上。每一个日子我都早早起床,我迷恋于清晨,投身于一个又一个日子,那日子并不是生活——那日子他只是梦,少年的梦。这段时间在我是较为漫长的,因为我的童年时代是结束得太早太快了!①

① 以下三页被撕掉。